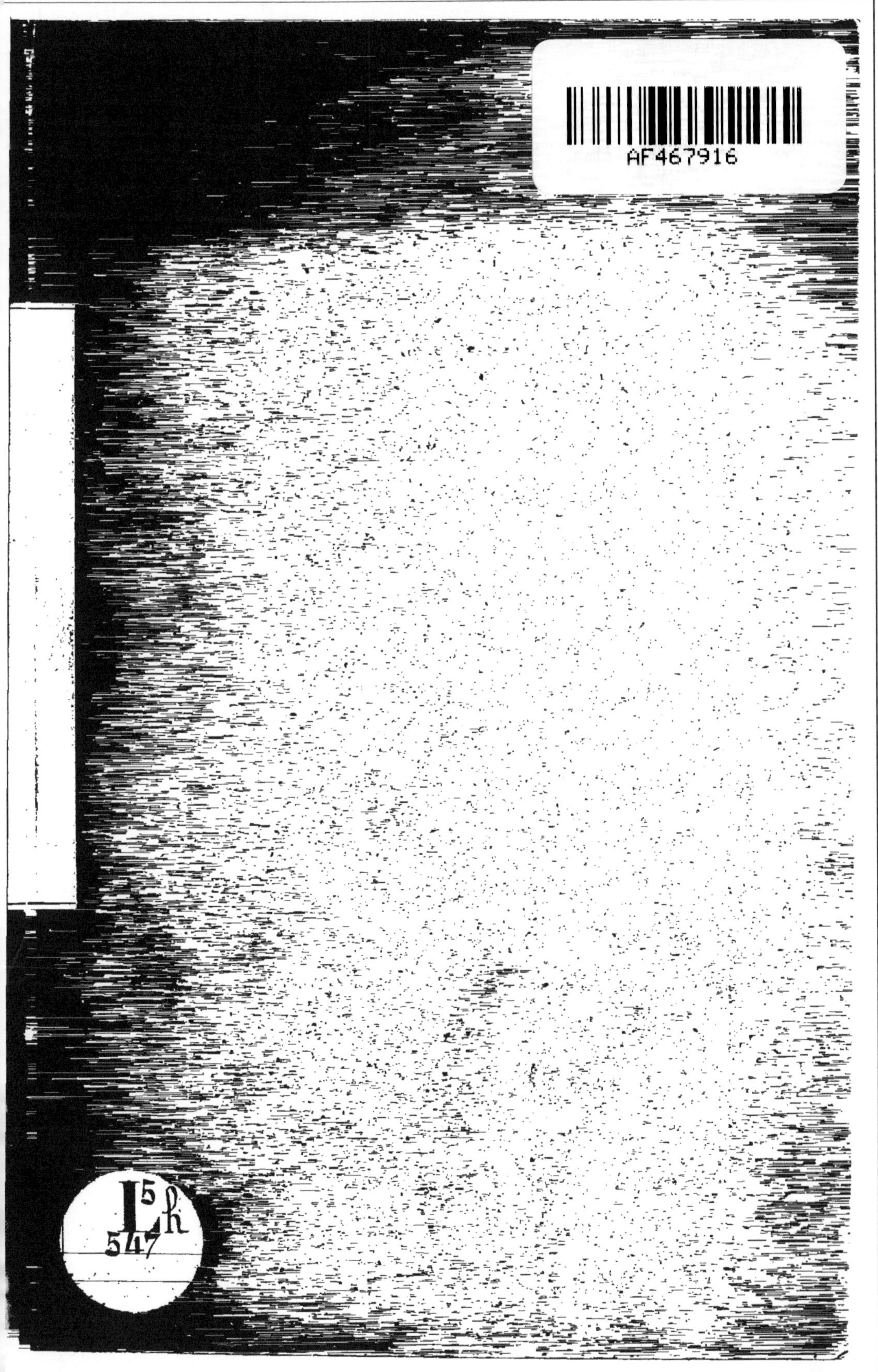

SOUVENIRS

DE

CASEMATES

Paris. — Imprimerie Viéville et Capiomont, 6, rue des Poitevins.

SOUVENIRS

DE

CASEMATES

PAR

UN FRANC-TIREUR DE STRASBOURG

PARIS
FRÉDÉRIC GIRAUD, LIBRAIRE-ÉDITEUR
19, RUE DE SÈVRES, 19

1871

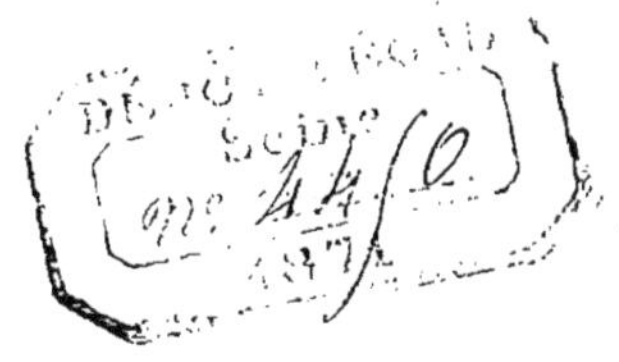

INTRODUCTION

Aussitôt que la ville de Strasbourg fut investie, M. Liès-Bodard, professeur à la faculté des sciences, réunit une centaine de jeunes étudiants qui, sous ses ordres, se mirent, comme francs-tireurs, à la disposition de l'autorité militaire.

Pendant toute la durée du siége, ils ont pris avec intrépidité leur part des fatigues et des dangers de la défense.

Après la capitulation, ils subirent le sort de la garnison et furent emmenés prisonniers.

Les pages qui suivent, écrites par l'un d'eux pendant sa captivité, contribueront, avec tant d'autres, à faire savoir au monde ce que sont devenus l'honneur et l'humanité dans le cœur des Allemands.

SOUVENIRS

DE

CASEMATES

Rastadt, 8 octobre 1870.

. . . . . Que de changements, que d'impressions depuis dix jours !

Le 27, reddition de la place... Je n'insiste pas sur les impressions de cette lugubre soirée. Ce sont des souvenirs qui ne s'effacent pas.

Le 28, au matin, ayant reçu de mes officiers l'ordre de me rendre à la porte par où devait défiler la garnison, je n'ai que le temps de m'approprier le sac d'un soldat mort, de briser mon fusil et d'embrasser mes parents, chassé par les Prussiens dont les abominables

« hourra! » arrivaient déjà jusqu'à nous. Ce jour-là, nous avons marché huit heures sans halte et sans nourriture. Après quoi nous fûmes parqués dans des prairies basses, attendant déjà, hélas! avec l'anxiété de la faim, si le vainqueur se déciderait à nous donner quelques aliments. Vers le milieu de la nuit, nos gardiens nous amenèrent quatre vaches vivantes (nous étions au moins huit mille hommes), et deux voitures de paille destinée à nous servir de litière et de combustible. Nous eûmes donc à abattre ces vaches et à les dépecer comme nous pûmes, puis à cuire leur chair dans le creux de notre main. Quelques privilégiés reçurent un peu de pain noir, mais ce fut le petit nombre. Mon frère n'eut pas de viande, et je ne pus pas avoir de pain. Cette nuit passée sans abri fut glacée. Le lendemain, en partant, j'ai vu le cadavre d'un chasseur à pied à demi caché sous la paille : ce malheureux voulait aller chercher de l'eau à quelques pas de là. Le gardien le plus voisin lui dit de reculer ; le chasseur, ne comprenant pas l'allemand, fait signe qu'il veut aller boire : aussitôt le Prussien se jette sur lui, et, d'un coup de baïonnette, l'étend mort à ses pieds. — Je tiens le fait de mon ami Victor K..., témoin oculaire. Ce n'était pas le seul de nos compagnons dont on devait emporter le cadavre.

La seconde étape fut de *quatorze heures* sans halte, sans autre nourriture que les quelques pommes que nous jetaient au passage les paysannes françaises. Ces braves femmes étaient tout en larmes, et ne savaient quel témoignage de sympathie nous donner. Il faisait très-chaud, nous mourions de soif; plusieurs nous tendaient des baquets d'eau, mais quand nous voulions nous y arrêter pour nous désaltérer, nous étions aussitôt relancés par d'impitoyables : *vorwaerts, vorwaerts* (en avant), accompagnés de coups de crosse et de piqûres de baïonnette. Par bonheur, je pus arracher au bord de la route une rave que je savourai avec délices. Nous passâmes le Rhin vers huit heures du soir. Nous rappelant le bon accueil que nous avions fait aux prisonniers autrichiens, lors de la guerre d'Italie, nous comptions sur un accueil analogue de la part de la population badoise. Nous n'avions pas encore été à même d'apprécier la délicatesse et la générosité germaniques. Sur la rive allemande, une foule de dames venues en grande réjouissance, même de Bade, nous regardèrent défiler, braquant sur nous leurs binocles et riant de tout leur cœur.

Le dernier moment fut le plus pénible ; de vieux soldats répétaient, à côté de nous, qu'ils ne se rappelaient pas avoir jamais fait d'étape aussi terrible. Quant à moi, épuisé de fatigue, de chaleur, de faim, je ne pouvais plus me traîner. Mon frère me disait le lendemain : « Cela

« a été la journée la plus rude de ma vie ; je « me demandais avec angoisse si tu arriverais « vivant, m'attendant à chaque instant à te vôir « tomber. » Pour ne pas être séparés, nous avions passé mutuellement nos mains dans les courroies de nos sacs. Pendant cette journée. plusieurs des nôtres, ne pouvant plus marcher, ont été tués par nos gardiens à coups de baïonnette. La liste nous en a été lue plus tard par le curé chargé de les enterrer.

..... Nous voici casematés au fort 42, qui passe pour un des plus sains. J'écris assis sur mon sac, pour être plus près de la meurtrière. L'ameublement est des plus simples : on a voulu nous faire conserver la bonne habitude que nous avions dû prendre, pendant le bombardement, de nous passer de lit. Une mauvaise paillasse et une petite couverture de coton composent notre coucher. La nourriture n'est pas plus compliquée. Le matin, semoule à l'eau ; le soir, eau à la semoule : bouillie infecte, dans laquelle on trouve toute espèce de choses, voire même des vérs de terre, par les jours de pluie. A midi, orge ou pommes de terre, avec quelques grammes de viande ; comme dit un troupier, mon voisin : « Trop pour mourir, mais pas assez pour vivre. »

Le 12 octobre. — Je viens de voir ma mère !... un instant seulement, rien que le temps de l'embrasser et de lui montrer que nous sommes encore en vie ! Encore n'est-ce que par fraude et à l'insu de nos geôliers, que nous avons pu échanger quelques mots. Voici comment : la nouvelle s'était répandue à Strasbourg que plusieurs mobiles avaient succombé en route, soit aux fatigues excessives, soit aux coups de baïonnette ; mais on ne connaissait pas leurs noms, en sorte que toutes les mères se demandaient avec angoisse si leurs fils n'étaient pas du nombre. La mienne était partie aussitôt pour Rastadt, voulant nous voir coûte que coûte, et ne se doutant pas que cette prétention était irréalisable, inouïe, exorbitante! Une mère approcher quelques instants de ses fils! allons donc! — A peine arrivée à Rastadt, le cœur serré à la vue des longues files de casemates entourées de fossés humides, des grilles, des étroites meurtrières, ma mère s'approche d'une sentinelle, et lui demande où sont détenus les mobiles de Strasbourg; l'autre refuse d'abord de répondre, puis assure qu'il n'en sait rien. Enfin, pressé de questions : « Au Spitzberg, » dit-il, et il se met à rire d'un air dur et moqueur. Ce début était peu encourageant.

Après cinq heures de démarches, après avoir prié, supplié, après s'être humiliée, sans se laisser rebuter ni par la brutalité des uns, ni par le dédain des autres, ni par la mauvaise volonté de tous, ma mère n'obtient partout qu'un refus glacial! A la fin, elle s'est mise à deux genoux devant le major ***, lui demandant à mains jointes, comme une grâce, de voir ses fils sans leur parler, rien qu'un instant, à travers une grille, de loin, par une fente, n'importe, mais de les voir. C'était trop demander.... Là encore, même refus glacial! Heureusement, un officier français, prisonnier lui-même, indigné d'une pareille dureté, conduit ma mère au fort des mobiles, où, par un hasard providentiel, nous nous trouvions, mon frère et moi, devant la porte, occupés à transporter de la paille. On juge de notre joie et de notre émotion : un vieux landwehr, témoin de la scène et pensant peut-être à ses propres enfants, pleurait d'attendrissement! — Au bout de trois minutes de cette entrevue par fraude, une sentinelle vient nous séparer et repousse brutalement ma mère.

Le 20 octobre. — Nos journées se passent, longues et monotones, sans amener aucun changement, si ce n'est que nous nous réveillons chaque matin un peu plus abrutis que la veille. Toute communication avec le dehors nous est interdite, les journaux prohibés ; nous ne pouvons avoir des nouvelles de la France qu'en questionnant nos gardiens, et ils ne consentent guère à parler que quand ils peuvent nous annoncer quelque nouvelle défaite. Toujours même défense aux parents de voir leurs enfants ; les mères, les sœurs sont impitoyablement repoussées... On s'en souviendra ! Des pestiférés ne seraient pas reclus avec plus de soins ! Ce matin, un officier vient me chercher en grande pompe, me dit que quelqu'un demande à me parler, et me conduit vers une meurtrière à travers laquelle j'aperçois la moitié d'un visage. L'orifice de l'ouverture ne me permettant pas de voir tous les traits de mon visiteur, il m'est assez difficile de savoir à qui j'ai affaire. Après toutes sortes de pourparlers, je devine un ami de Mme de D., à qui cette dernière avait eu la bonté de nous recommander. Rien de plus comique que notre conversation; mon frère et moi *nous disputant le trou*, et ce brave monsieur nous expliquant comme quoi il a dû faire des démarches sans fin, et aller jusqu'à *Son Excellence le Général-Gouverneur*, avec lequel il est particulièrement lié, avant d'obtenir la faveur..... de nous parler quelques minutes à travers une meurtrière!

Le 24 octobre. — On nous fait maintenant travailler aux *fortifications!* Un jour sur trois, un piquet d'hommes armés nous conduit à un terrassement où il nous faut piocher, bêcher, charrier des pierres comme des bêtes de somme. Nous prendrions cependant assez facilement notre parti du métier, s'il avait un autre but; mais l'idée que nous fortifions les Allemands, que nous travaillons contre la France, nous navre et nous révolte.

Le 28 *octobre*. — Le régime que nous subissons anéantirait les hommes les plus robustes. Il faut réagir. Les spiritueux étant absolument interdits, nous avons tourné la difficulté. Nous avons obtenu la permission d'avoir de l'alcool sous prétexte de faire cuire notre café. C'est ce qui nous conserve un peu de force vitale, en dépit de leurs perpétuelles bouillies à l'eau. La distribution de *trois-six* a lieu tous les matins, autour de ma paillasse, en grand mystère. Cependant la petite vérole, le typhus, les maladies de toutes sortes, font parmi nous de terribles progrès. Chaque jour on porte à l'hôpital quatre, cinq, six de nos compagnons ; bien peu en reviennent ! E***, mon voisin, couche avec un mobile qui m'a tout l'air de commencer la fièvre typhoïde : on l'emportera demain ; de qui sera-ce le tour après demain ?

Les pauvres diables viennent me consulter sous prétexte que je suis étudiant en médecine ;

ils m'écoutent comme un oracle. La plupart du temps, je me contente de leur ordonner une tasse de thé bien chaud ou du café noir, remède que leur médecin improvisé peut leur fournir sur-le-champ, grâce à la bienheureuse cafetière que ma mère nous a envoyée ces jours-ci, et dont l'arrivée dans notre casemate a été un véritable événement.

Je commence à souffrir de la poitrine; je tousse beaucoup la nuit. E*** et mon frère ne me laissent plus fumer. Combien de temps pourrons-nous encore nous soutenir?

30 *octobre.* — Pour la première fois depuis trois semaines, nous avons eu la Messe ce matin. Mon frère a aidé à dresser l'autel; c'était bien modeste : deux lits de camp en guise de table et le reste à l'avenant. Les douaniers et les gendarmes sont venus en procession du fort voisin. A l'Élévation, tout le monde s'est mis à genoux dans la boue. Cette Messe avait un ca-

ractère émouvant, et nous a rappelé celles que nous entendions pendant le siége autour des cercueils de nos camarades ; il n'y manquait que le canon !

11 *novembre.* — Nous ne sommes plus au fort 12 ; nous y étions trop bien. Trois francs-tireurs de nos compagnons avec lesquels nous étions particulièrement liés, ayant réussi à s'évader, grand émoi au fort. Un major, après nous avoir donné le spectacle d'une *colère allemande*, et nous avoir menacés, mon frère et moi, de nous faire fusiller sans pitié (*ohne ruchsicht todt geschossen*) si nous étions complices de l'évasion, nous a fait conduire ici pour que nous ne soyons pas tentés d'imiter nos compagnons et pour expier leur « désertion et leur ingratitude ! » (*Sic.*) Nos paillasses de l'autre fort étaient un luxe auquel il nous faut renoncer. Un peu de mauvaise paille ayant déjà servi en 1866, et dans laquelle la vermine a eu tout le temps de se

multiplier, jetée sur la pierre humide et glaciale, forme notre litière. La plupart du temps, je passe la nuit assis, pour ne pas avoir le dos mouillé par l'humidité. Le salpêtre tapisse les parois de notre casemate, sorte de cave, creusée au-dessous du sol, et dans laquelle l'obscurité la plus complète règne en plein midi ; il m'est déjà arrivé d'user mes trois chandelles en un jour. Nous sommes si serrés les uns contre les autres que c'est à peine si, la nuit, chaque homme a la place nécessaire pour s'étendre dans toute sa longueur. L'air circule par d'étroites meurtrières qui ne peuvent se fermer ; il en résulte, jour et nuit, un courant continu d'air glacé qui ne contribuera pas à me rétablir. Je souffre de plus en plus : plus de chaleur, plus d'appétit, plus de sommeil. La bouillie de semoule est ici encore plus infecte qu'au 42. Nous avons pris notre parti, en arrivant, de la manger dans l'obscurité pour n'y pas faire de *nouvelles découvertes ;* à présent mon estomac la refuse, je ne puis plus même la sentir. Tous les matins, deux hommes passent près de ma litière en criant : « A la soupe ! » Régulièrement, au lieu de tendre mon écuelle de terre, je demande : « quelle soupe? — De la *Griespepp* (semoule). — Je n'en prends pas. » Et je me soutiens comme je peux avec du café ou du thé, ou plutôt je ne me soutiens pas du tout.

13 *novembre.* — ...... Mes forces diminuent; quand je veux marcher, je chancelle comme un homme ivre. Me faudra-t-il mourir dans ma casemate?... J'ai tant souffert la nuit dernière que j'ai bien cru que ce ne serait plus long, et j'ai vu que mon frère se le demandait aussi.

Ce matin, tandis que deux hommes armés me conduisaient aux bureaux du château où des enquêtes ont lieu au sujet de la fuite d'E***, j'ai aperçu ma mère à trente pas, à demi cachée par un pli de terrain!... Pas moyen d'aller à elle, ni même de causer une minute; mais enfin nous nous sommes vus!

Voici comment ma mère avait été conduite à entreprendre ce second voyage et quel accueil elle avait reçu. Avertie par moi des plans d'évasion de mon frère (à mots couverts) et par celui-ci de l'état de ma santé, ma mère, dévorée d'inquiétude, avait résolu de faire une nouvelle tentative pour nous approcher, et s'était mise en route immédiatement sans grand espoir de succès, car les permissions étaient alors tout aussi difficiles à obtenir qu'au commencement de notre captivité. Après des démarches faites par mes parents auprès de personnes influentes en Allemagne, M. de Bismark-Bohlen avait fait venir mon père pour lui parler de ses demandes, ou plutôt pour les lui refuser toutes successivement, si bien que mon père en se retirant n'avait pu s'empêcher de lui dire : « Il y a « une chose, M. le comte, qui, pour nous autres

« Français, sera toujours incompréhensible;
« c'est la dureté avec laquelle on refuse à une
« mère de voir un instant ses enfants, quand
« leur seul crime est d'avoir courageusement
« fait leur devoir! »

Ma mère s'était rendue au bastion 42, et n'avait pas été surprise de se voir repoussée par une sentinelle qui lui avait défendu en croisant la baïonnette d'avancer plus loin qu'un petit monticule voisin. On pouvait de là se faire entendre du fort; ma mère s'est donc mise à appeler de toutes ses forces : « Paul! Henri!... » sans obtenir de réponse. A la fin, un képi se montre à l'une des meurtrières : « Où sont mes « fils? — Ils ne sont plus ici; on les a emme- « nés en punition au fort 43. » Ma mère se dirige alors vers le fort 43. Arrivée là, même accueil. La sentinelle croise la baïonnette et enjoint à ma mère de se retirer au plus vite ou de se cacher, parce qu'un major faisait la visite des casemates et pouvait l'apercevoir. Il pleuvait à torrents : sans perdre courage, ma mère va se cacher derrière un pli de terrain, et attend... C'est alors qu'elle me voit passer emmené par deux gendarmes, et si faible que je chancelais à chaque pas. En l'apercevant, je n'eus que le temps de lui crier : « Et la France? — Rien de « nouveau, » me répondit-elle ; puis j'ajoutai : « mes gardiens vous supplient de ne pas me « parler et de ne pas m'approcher ; autrement « ils seraient punis, » et nous nous éloignâmes.

15 *novembre.* — Je suis seul depuis ce matin ; mon frère est au cachot. A 9 heures, deux soldats sont venus nous chercher et nous ont conduits dans une salle du château, où des officiers nous attendaient pour nous faire subir un interrogatoire à propos de l'évasion de nos amis. Arrivés là, on veut faire prêter à mon frère le serment de dire toute la vérité, ne faisant pas de doute qu'il ne s'abaisse immédiate-

ment au rôle odieux de délateur. Paul, bien entendu, refuse de prêter ce serment, et déclare, moitié en allemand, moitié en latin, qu'il ne dira que la vérité, *nunquam mentiri ;* mais qu'il ne parlera pas si on lui pose des questions auxquelles l'honneur et la conscience lui défendent de répondre. Il s'agissait, non-seulement de ne pas trahir la retraite de nos amis, mais encore de ne pas dénoncer plusieurs personnes compromises dans l'affaire. Cette résistance de la part d'un simple soldat pour un point d'honneur, et vis-à-vis d'officiers d'un grade élevé, était, pour de serviles Allemands, quelque chose de si prodigieux, qu'ils ne pouvaient la comprendre : « Mais, vous êtes l'ami « intime de l'un des fugitifs ; vous devez tout « savoir, il faut tout dire. » — « C'est précisé- « ment parce que je suis son ami intime que je « ne veux pas parler. » — Stupéfaction et colère des interrogateurs. L'un d'eux saisit le crucifix près duquel on avait amené Paul, le brandit autour de sa tête comme pour l'assommer, et s'écrie : « Je saurai bien, moi, vous faire ju-« rer ! — Monsieur, lui dit mon frère, vous « êtes un gentleman, vous connaissez les lois « de l'honneur aussi bien que moi ; que pense-« riez-vous de moi si je faisais ce que vous me « demandez ? »

A la fin, voyant le patient inébranlable, ses interrogateurs le *condamnèrent à un mois de dunkelarest* (cachot sombre) ; au bout de ce temps de *réflexion*, on le fera comparaître de nouveau, espérant ainsi obtenir des aveux à force de misères et de souffrances... O noble Allemagne ! — Mon frère, qui avait eu le premier l'idée de l'évasion, en avait discuté le plan avec nos compagnons, et savait leur itinéraire dans tous ses détails ; détails que je ne connaissais nullement, les fugitifs ne m'ayant fait part de leur projet que d'une manière très-vague, car j'étais trop souffrant pour songer à les suivre. J'ai donc pu m'en tirer, quand mon tour est venu, en ne faisant que des réponses évasives. Il y a cependant des questions auxquelles j'ai répondu d'une manière catégorique : « Qu'était « E*** (un des fugitifs)? —Volontaire. — Et L*** « (autre fugitif)? —Volontaire. — Et son frère? « — Volontaire. — Et vous? — Volontaire. — « Pourquoi sont-ils partis? — Pour tuer des « Prussiens. » — A la fin, j'ai demandé si mon frère allait passer la nuit au cachot, s'il y resterait quatre semaines, et si je ne pourrais pas prendre la moitié de son temps à mon compte. Un lieutenant me répond, d'un air dégagé, de ne pas m'en inquiéter, que mon frère passera tranquillement la nuit dans un lit, à côté de moi, comme de coutume. Je lui dis que, depuis longtemps, nous ne savons plus ce que c'est qu'un lit, que nous couchions sur la pierre avec un peu de paille; que nous étions nourris de bouillies à l'eau, que nous manquions de jour, d'air, etc., etc. « *So ist Krieg,* c'est la « guerre, » me répond le lieutenant. — « Non, « ce n'est pas la guerre; allez en France, de« mandez aux prisonniers que nous faisons si « on les traite comme vous nous traitez. » Là-dessus, je lui tourne le dos, et on me reconduit au 43, tandis que Paul était mené au cachot, où il va passer sa première nuit. A présent, me voici seul, pensant à lui, ne jouissant pas même de ma paille, en songeant qu'il n'en a pas, découragé, abruti, et en même temps furieux..... Les misérables !

16 *novembre.* — J'ai obtenu la permission d'aller voir Paul dans son cachot. C'est un trou noir, humide, glacial; le malheureux a été si transi la nuit dernière que, *pour ne pas mourir de froid*, lui et deux autres soldats qui s'y trouvaient déjà, ils ont dû passer la nuit étroitement embrassés les uns contre les autres. Nous ne

pouvons pas être plus mal ; nous n'avons plus rien à risquer : aussi, dans ma lettre de ce matin à mes parents, n'ai-je plus gardé les ménagements auxquels nous avions été forcés jusqu'alors. J'ai tout dit. Une heure après, je vois venir le major de S*** chargé de notre correspondance. Il s'approche de moi, me rend ma lettre et me dit d'un air doucereux : « Pourquoi écri-« vez-vous des choses pareilles, vous allez *cha-« griner madame votre mère.* » Heureusement je suis parvenu à envoyer cette lettre plus tard par voie détournée.

20 *novembre.* — *Château de Rastadt.* — Oui, au château, dans une chambre de la prison d'État ! Nous avons couché cette nuit dans des lits et, tout à l'heure, nous venons de manger dans de vraies assiettes, avec des cuillères, des fourchettes (je ne savais plus me servir de fourchettes), autre chose que de la *Griespepp* ! ! Il me semble que c'est un rêve !

A force de démarches, d'instances, de sollicitations, et grâce à de généreux et puissants auxiliaires, mes parents sont parvenus à arriver jusqu'à la reine de Prusse et à obtenir son intervention. Une dépêche envoyée en son nom, et dont nous avons eu la copie entre les mains, exprimait le désir que nous fussions mis dans une chambre de la forteresse. Un désir de sa part était un ordre; il a donc bien fallu s'exécuter. J'ajoute qu'on l'a fait avec cette générosité badoise que nous avons été plus que d'autres à même d'apprécier. Au lieu de nous permettre d'habiter une chambre de la place forte, comme les officiers, on a jugé bon de nous enfermer à la prison d'État. N'importe, ce ne sont plus les casemates.

A partir du jour où l'on a appris que la reine avait parlé pour nous, changement à vue dans toute la hiérarchie des officiers badois auxquels nous avions eu affaire : grands et petits, généraux, colonels, sous-officiers, c'était à qui courberait le dos plus profondément. Il n'y a pas jusqu'au plus brutal des interrogateurs de mon frère (l'homme au crucifix) qui ne lui ait fait de plates excuses. Il lui a envoyé dire humblement, ce matin, qu'il ne fallait pas lui en vouloir, qu'il avait eu *l'air fâché*, mais qu'il ne l'était pas au fond, etc. Une pareille servilité ferait rire, si elle n'inspirait en même temps le dégoût!...

. . . .

26 *février*. — Libres depuis hier! Nos sacs sont faits : voici nos deux feuilles de libération; demain nous quittons l'Allemagne. Plusieurs centaines de nos compagnons sont déjà partis, *plumés et dévalisés*, bien entendu. Une capote aurait pu les gêner pendant le voyage; on a eu soin de prendre les capotes de tous ceux qui avaient une blouse. D'ailleurs on avait *volé offi-*

ciellement leurs sacs à tous ceux de Strasbourg envoyés dans l'intérieur de l'Allemagne.

Adieu Rastadt! au revoir, nous ne t'oublierons pas.

HENRI LAMACHE,

Franc-Tireur de Strasbourg.

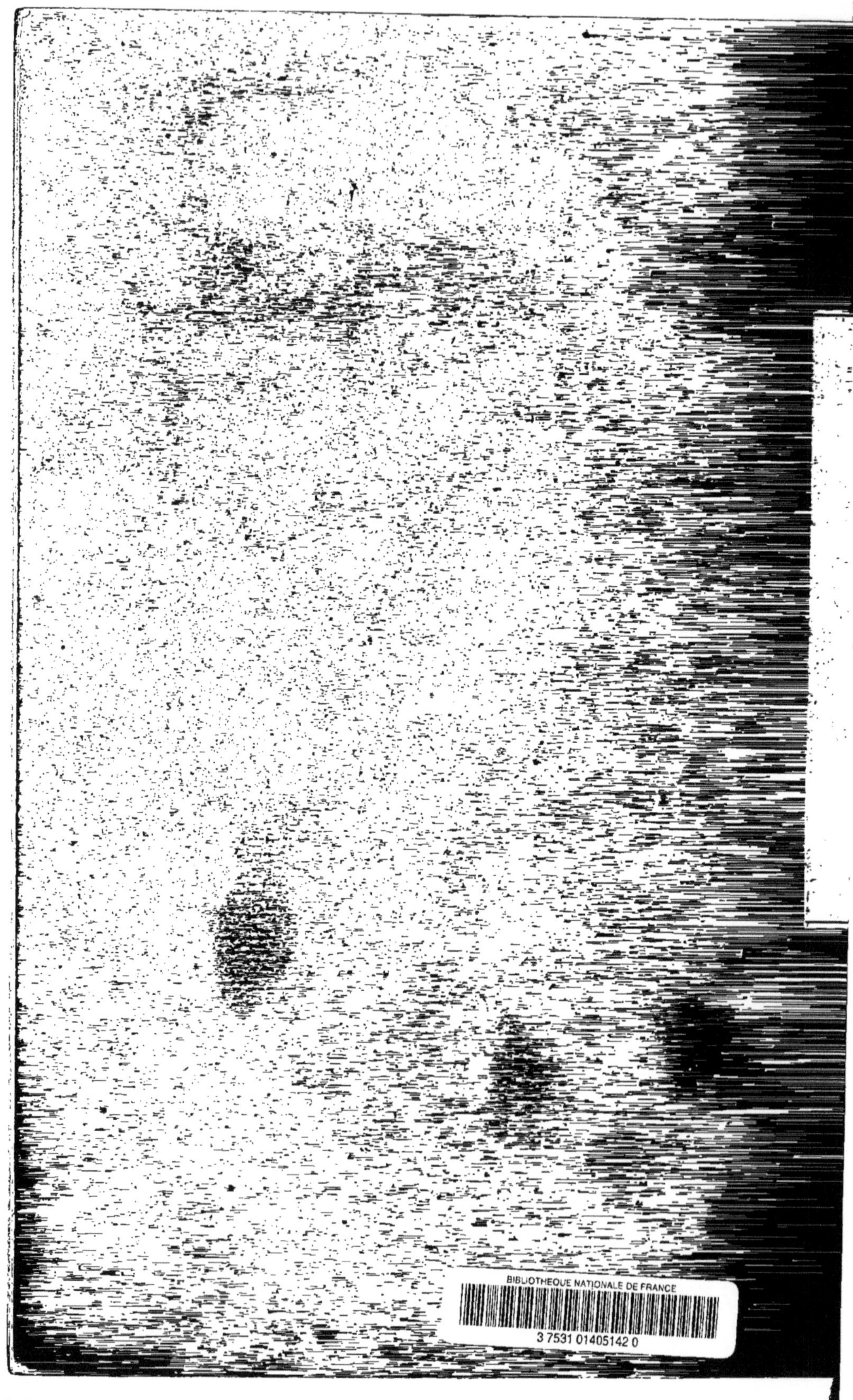

www.ingramcontent.com/pod-product-compliance
Ingram Content Group UK Ltd.
Pitfield, Milton Keynes, MK11 3LW, UK
UKHW020457230726
13925UKWH00005B/2004